TABULA NOVA

Quentin Bérard

TABULA NOVA

Théâtre

Édition : BoD – Books on Demand, info@bod.fr
Impression : BoD – Books on Demand, In de Tarpen 42,
Norderstedt (Allemagne)
Impression à la demande

Couverture réalisée par Marvin Jacques

ISBN : 978-2-3225-1849-4
Dépôt légal : Mars 2024

Personnages

Nova : une Intelligence Artificielle
Jaden
Élodie

ACTE I

Le plateau est dans le noir.
On distingue, en plein milieu, un caisson d'azote liquide et
une forme à l'intérieur.

NOVA
Mise en route du programme d'holo-projection.

La lumière s'allume.
A l'intérieur du caisson, un homme.

NOVA
Sujet numéro 43 : Jaden Descartes.
Conditions optimales de réveil.
Sortie de cryostase en cours.
Évacuation de l'azote liquide et du dioxyde de carbone.
Augmentation de la température.
Première tentative de réanimation.

Le corps de Jaden convulse.

NOVA
Échec.
Deuxième tentative de réanimation.

Le corps de Jaden convulse.

NOVA
La réanimation de Jaden Descartes est un succès.
Il est vivant.

Il est vivant.
Ha Ha.

Jaden ouvre les yeux.
Le caisson s'ouvre.
Jaden sort.
Il vomit.

NOVA
Bienvenue parmi nous, sujet numéro 43.
Votre nom est Jaden Descartes.
Tout ce que vous dites et faites est enregistré par holo-projection.
Vous allez avoir froid et faim.
Vous allez vous sentir fatigué.
Vos muscles vont être endoloris et vous allez ressentir une sensation de picotements dans l'ensemble de votre corps.
Toutes ces sensations ne vont pas durer longtemps.
Une trappe située à l'arrière du caisson contient des serviettes chauffées à cinquante degrés.
Elles sont à votre disposition si vous en ressentez le besoin.

Jaden se dirige vers la trappe à quatre pattes.

JADEN
P - Putain de m - de merde -

Il s'essuie.
Il se calme.

JADEN

Qu'est-ce que je fous là ?

NOVA

Vouliez-vous dire : Qu'est-ce que je fais là ?

JADEN

Oui. Qu'est-ce que je *fais* là ?

NOVA

Afin de répondre à votre question, nous allons procéder à une évaluation de votre mémoire.

Cela me permettra de vous donner la réponse la plus appropriée à votre question.

Commençons par la mémoire immédiate.

Que s'est-il passé avant votre phase de sommeil ?

Temps.

JADEN

Je ne sais pas.

NOVA

Quelle sensation ressentez-vous quand vous tentez de faire appel à votre mémoire immédiate ?

Temps.

JADEN

Le vide. La peur.

NOVA
Parfait.
Merci pour ces précisions.
Passons à vos souvenirs plus lointains.
Qui sont vos parents ?

Temps.

JADEN
Je ne sais pas.

NOVA
En quelle année sont-ils décédés ?

Temps.

JADEN
Je ne sais pas.

NOVA
Quelle sensation ressentez-vous quand vous tentez de vous rappeler la mort de vos parents ?

JADEN
Gouffre. Paralysie. Néant.

NOVA
Parfait.
Merci pour ces précisions.
Vos fonctions motrices semblent revenir à la normale.

Vous devriez y voir plus clair.

Je vous propose de vous donner les éléments que je suis autorisée à vous fournir pour comprendre votre situation.

Souhaitez-vous les entendre ?

JADEN
Non, non non, garde-les pour toi.

NOVA
Entendu.

JADEN
Je déconne, donne-les, tes éléments autorisés.

NOVA
Je suis heureuse de constater que vous pouvez toujours accéder à la fonction ironie de votre personnalité.

Sachez qu'au cours de notre longue collaboration, je tâcherai de m'adapter à votre comportement pour que ma présence soit la plus agréable possible.

Comme je vous l'ai dit lors de votre réveil, vous êtes holo-filmé.

Tout ce que vous dites et faites est enregistré.

Vous êtes sous l'obligation légale de documenter volontairement tout ce que vous ressentez une fois à votre réveil et une fois avant de vous coucher au minimum.

Je vous propose de commencer maintenant.

Temps.

JADEN
Y'a pas de… caméra ?

NOVA
En effet.
L'holo-projection consiste en une retranscription de la salle dans laquelle vous vous trouvez sous différents angles.
Les *caméras*, si l'on peut appeler ça ainsi, sont situées juste devant vous.

JADEN
Devant moi ? C'est un mur devant moi.

NOVA
Et moi je suis Adolf Hitler.
Ha Ha.
J'adore brûler des Juifs –

JADEN
D'accord d'accord, d'accord, j'ai compris. Mollo sur l'ironie.

NOVA
Entendu.
J'applique la fonction *mollo*.

JADEN
C'est ça. Applique.

Silence.

JADEN
Bonjour. Je m'appelle… ?

NOVA
Jaden Descartes.

JADEN
Est-ce que quelqu'un m'entend ?

NOVA
Peut-être.
Cette holo-vidéo est un témoignage d'un temps que les moins de vingt ans ne pourront pas connaître.
Ha Ha.
Peut-être que vous vous adressez à vos enfants.
Peut-être que vous vous adressez à vos ancêtres.
Pensez à cela comme une sorte de journal intime partagé.
Faites de votre mieux.
Bon courage.

JADEN
Génial. Bon.

Temps.

JADEN
Donc je m'appelle Jaden Descartes, j'ai, l'âge on s'en fout, *fiche*, cette fonction vocabulaire va vite me... Je viens de me réveiller. Premier réveil. Je ne me souviens de rien. Je sais des choses, marcher, parler, penser, je sais que j'ai déjà vécu des choses, mais aucun moyen de savoir quoi. J'ai faim maintenant que j'ai vomi, j'ai les idées en place et je n'ai plus froid. Je ne sais pas où j'ai atterri, ni pourquoi. J'ai la sensation d'avoir été projeté hors du néant pour atterrir dans,

c'est, comme si on m'avait sorti de moi-même et que j'atterrissais dans un autre moi-même, mais c'est pas moi. Je ne suis plus moi. Si je ne pouvais pas me pincer ni compter jusqu'à cinq, je dirais que c'est un rêve. Dans ma tête, c'est sombre. Le monde est sombre. Et ça, je m'en souviens. Le monde est sombre. C'est la dépression qui fait le lien entre celui que je suis et celui que j'étais. Je me souviens que je voulais que ça change et que j'étais prêt à n'importe quoi pour couper ce lien avec moi-même. Être perdu, c'est mieux que de savoir où tu es si tu es dans la merde, *mouise*. C'est autorisé *mouise* ?

NOVA

Vous pouvez dire ce que vous voulez, sachez seulement que je ne suis pas programmée pour comprendre toutes les variations de votre langue.

JADEN

Première journée, donc. Le réveil n'est pas seulement dans ma tête, dans tout mon corps, ça se désinhibe. On enlève la bride au cheval. Et ça fait du bien. Je suis content d'être perdu et de me désinhiber. C'est suffisant ça ?

NOVA

C'est parfait.

Sur votre droite, vous trouverez une porte menant vers votre chambre.

Vous y trouverez tout le confort nécessaire à votre bon rétablissement ainsi qu'une commode avec des vêtements adaptés à vos goûts.

Vous y trouverez aussi une salle de bain ainsi qu'un accès vers des équipements de sport.

Sur votre gauche, une autre porte menant à une cuisine avec des provisions.

Mangez et buvez à votre gré.

Pour les restes et le recyclage, vous trouverez un manuel qui vous expliquera comment faire.

Dans la cuisine, vous trouverez aussi d'autres portes.

L'une d'elle mène à un atelier de bricolage pour que vous puissiez faire de cet endroit votre cocon.

Une autre porte mène aux couloirs.

Je vous conseille de ne pas sortir d'ici pour l'instant.

Vous venez à peine de vous réveiller.

JADEN
On est plusieurs ?

NOVA
Vous faites partie d'un programme de cinquante personnes.

Permettez-moi de remettre cette conversation à une autre fois.

Votre frigo est rempli et n'attend que vous.

JADEN
Je vais d'abord me changer.

NOVA
Faites comme chez vous.

Vous êtes chez vous.

Appelons cette endroit *salon*.

Je reste dans le salon.

Si vous avez besoin de moi, je suis dans le salon.

Je vous attendrai avec impatience.

Bienvenue chez vous.

Jaden sort par la porte de la chambre.
La porte se referme.
Bruit de douche.

Temps.
Un bruit provient de la cuisine
La porte de la cuisine s'ouvre.
Élodie entre doucement.
Temps.
Elle sort un paquet de cigarettes et un briquet.

NOVA
La cigarette est interdite à l'intérieur.

ÉLODIE *sursaute.*
Fils de – !

NOVA
Bonjour Élodie Nox, sujet numéro 7.
Avez-vous bien dormi ?

ÉLODIE
J'aurais eu une attaque, tu, tu faisais quoi là ?

NOVA
Je vous aurais réanimé.
Ha Ha.

ÉLODIE
Il est réveillé ? Le 43, il est réveillé ?

NOVA
Le sujet numéro 43, Jaden Descartes, s'est réveillé
il y a quelques minutes.
Il est actuellement dans sa chambre.

La douche s'arrête.

NOVA
Il va prendre son premier repas dans quelques instants.

ÉLODIE
Wow. Okay. Cool.

NOVA
Vous êtes stressée ?
Je vous sens stressée.

ÉLODIE
Je vais gérer ! Ça va aller.

NOVA
Je peux passer une musique relaxante pour vous aider
à *gérer* votre stress.
Que préférez-vous parmi les choix suivants ?

ÉLODIE
Nova, c'est bon !

NOVA
Chant de baleine.
Papier bulle.

ÉLODIE
Non !

NOVA
Bruit de bouche.
Mastication.

ÉLODIE
Quoi ?

NOVA
Ondes binaurales.

Jaden entre par la chambre.
Temps.

JADEN *en aparté.*
Mes yeux.

NOVA
Il est là.

ÉLODIE
Je le vois bien qu'il est là !

JADEN *en aparté.*
Mes yeux prennent cette image.

NOVA
C'est lui.

ÉLODIE
Tu veux pas nous laisser deux minutes, juste deux minutes ?

JADEN *en aparté.*
Cette image arrive à mon cœur.

NOVA
Voulez-vous que je coupe l'holo-projection ?

ÉLODIE
C'est possible ?

NOVA
Non.

JADEN *en aparté.*
Elle coule dans mes veines et entraine avec elle un nou-
vel oxygène.

ÉLODIE
Juste, laisse-nous !

NOVA
Très bien.
A de suite.

JADEN *en aparté.*
Tout s'arrête. Je respire et titube au bord d'un gouffre.
Elle vient de modifier les battements de chacune de mes
particules. Sur quoi basé-je cette vision ? Quels critères ?
D'où vient cette sensation dont aucun souvenir ne peut
faire mention ? Pour la première fois tout est clair, mais
non, cette expression-là devrait faire écho à un avant que
je ne connais pas, je recrée ma vie en un éclair, retrouve ce
que j'aime, ce que je déteste sans le savoir, c'est la première
fois des premières fois ! Comme une caverne perdue au milieu d'une plaine, sans y voir, j'avance, aveugle, une forêt de
stalagmites, des miroirs me reflètent ce que je ne serai plus
jamais sans toi, réverbérations emprisonnées d'un passé
que je connaitrai jamais. Je viens de te trouver et déjà je te
perds. Sois pour moi un phare, éclaire-moi, retrouve en moi
les preuves, je ne suis pas qu'un humain qui meurt préco-
cement d'un pseudo-Alzheimer. La vie m'avait quitté, et ta

voix, sirène abyssale d'un être nécrosé me ramène, retire le verrou à une porte que j'avais oublié. Ai-je pu oublier ce que je ne savais pas ? Oui. Grâce à toi. Les malédictions s'additionnent, me voilà condamné à verser dans le trop. Condamné à te l'offrir. Condamné à mourir pour toi.

Silence.

ÉLODIE
Bonj –

NOVA
Je vous laisse avec une playlist relaxation.
Pour détendre l'atmosphère.
Ha Ha.

Silence.
Musique douce en fond.

JADEN
Elle fait ça souvent ?

ÉLODIE
Non, non non, la mienne est moins, disons –

JADEN
La tienne ? Quoi, elles sont plusieurs ?

ÉLODIE
Oui, pardon, tu, wow, tu viens juste de, c'est rien, je, je suis un peu stressée.

JADEN
Moi aussi.

ÉLODIE
Voilà donc, tu, comment tu te sens ?

JADEN
Mieux que tout à l'– Merde.

ÉLODIE
Quoi ?

JADEN
Rien je – fais chier. Deux minutes.

ÉLODIE
Qu'est-ce qu'il y a ?

Jaden sort par la chambre et revient avec du papier toi-
lette.
Il essuie le vomi par terre.

ÉLODIE
Ah mais c'est ça qui pue !

JADEN
Tu voulais que ce soit quoi ?

Temps.

JADEN
Pardon.

ÉLODIE
T'as raison, j'avais même pas remarqué ! Quelle gourde,
hein ?

Jaden sort par la chambre.
Bruit de chasse d'eau.
Il revient avec un désodorisant.
Il en vaporise beaucoup.

ÉLODIE
Que du feu !

JADEN
Pour répondre à ta question, je me sens mieux.

ÉLODIE
Et t'as faim.

JADEN
Ça t'embête si on discute en préparant à manger ?

ÉLODIE
Pas besoin ! J'ai quelque chose pour toi ! Comme un, un cadeau de bienvenue !

Élodie sort puis revient.

ÉLODIE
Ils ont des chaises et une table, on les déplace là si ça te dit !

JADEN
Pourquoi ?

ÉLODIE
T'as pas vu ta cuisine toi, c'est vraiment petit !

Élodie et Jaden sortent par la cuisine.

JADEN *en off.*
C'est ce petit paquet ?

ÉLODIE *en off.*
Après !

JADEN *en off.*
Prends les chaises.

ÉLODIE *en off.*
Attends, laisse-moi passer.

Élodie revient avec deux chaises.

JADEN *en off.*
J'arrive.

ÉLODIE
On la porte à deux, tu viens de te réveiller !

JADEN *en off.*
C'est tes yeux qui sont pas réveillés. Regarde.

Bruit de table qui cogne les murs.
Bruit de table qu'on repose par terre.
Temps.
Élodie sort par la cuisine.

JADEN *en off.*
Merci.

Jaden et Élodie amènent la table.
Élodie sort puis revient avec un petit paquet.
Ils s'assoient et l'ouvrent.

JADEN
C'est

ÉLODIE
Je sais oui, je suis parfaite !

JADEN
Ça a vraiment l'air délicieux. Faut que le goût suive,
mais

ÉLODIE
T'en doutes ?

JADEN
J'ai pas dit ça.

ÉLODIE
Goûte, voir.

Jaden goûte.

JADEN
C'est super bon.

ÉLODIE
Toc !

JADEN *en mange.*
Tu vas en prendre un peu ?

ÉLODIE
J'ai déjà mangé, mais je promets pas de tout te laisser !

JADEN
Ça me va. Comment il s'est passé ton réveil ?

ÉLODIE
Mon réveil. Oulà ! Je, faut que je te dise un truc, je suis
pas doué avec les mots en général.

JADEN
D'accord.

ÉLODIE
Vraiment, mettre deux phrases bien comme il faut, c'est
un effort, donc –

JADEN
Pas grave.

ÉLODIE
Tu m'en veux pas ?

JADEN
T'as encore rien dit.

ÉLODIE
Okay. oui, t'as raison ! C'était y'a quelques mois, je me
suis –

JADEN
Quelques mois ? Tu –

ÉLODIE
Je perds le fil, je perds le fil, je perds le –

JADEN
Pardon. Continue, je me tais.

ÉLODIE
Je vais pas y arriver…

JADEN
Si si pardon, lance-toi. Tapis rouge.

ÉLODIE
Alors… C'était y'a quelques mois, et je me souviens pas exactement exactement de tout ce qui s'est passé ! Par contre j'ai un souvenir un peu flou de l'avant, je, je me souviens, que, j'attendais de vivre… Là, dans un crépuscule bleuté, j'entrevoyais des, des bribes, des, des mélancolies…

JADEN
Des mélancolies ?

ÉLODIE
Tu vois j'y arrive pas.

JADEN
Si si c'est intéressant, c'est joli même, juste décris un peu plus, t'utilises des mots que je connais pas, pas comme ça.

ÉLODIE

Ah oui, des mélancolies, des, c'est dur à expliquer, j'avais la joie de voir disparaître ce que je connaissais et la peur de le perdre, tout en même temps. Des mélancolies. C'était grand. Vaste.

JADEN

Tu te souviens de tout ça ?

ÉLODIE

Je me souviens abandonner mes illusions. Recroquevillée dans la profondeur de mes songes, l'eau me caressait la peau, je ne craignais plus rien. Plus rien. J'avais enfin disparue.

JADEN

La tristesse avait disparue.

ÉLODIE

Non, moi, moi j'avais disparue !

JADEN

Tu n'es pas de la tristesse.

ÉLODIE

Qui te parle de tristesse ? Rien n'est triste, plus rien n'est triste, pourquoi ce serait triste ?

JADEN

C'est pas grave. On a forcément abandonné quelque chose pour se retrouver là.

ÉLODIE

Moi. Je me suis abandonnée moi. Et c'est tant mieux, je ne voudrais pas que, que ce soit autrement. J'ai ce relent de paradis perdu dans l'estomac, mais ce paradis, j'aurais pas pu le trouver avant, ça tu comprends ? Là, ici, maintenant, j'ai une chance. Je peux y arriver. On peut y arriver.

JADEN

Arriver à quoi exactement ? Tu sais pourquoi on est là ?

ÉLODIE

Je sais que c'est mieux qu'avant. Ça me suffit.

JADEN

T'en sais rien.

ÉLODIE

Je

JADEN

T'en sais rien.

ÉLODIE

Non c'est vrai. Je le sens. Ça vaut tous les savoirs. J'étais prisonnière du carcan de ma vie oubliée, me voilà révélée. Seule sur une île déserte, je brillais par mon inaction, par mon anticipation, par ce savoir qui ne sert à rien, aujourd'hui je vis du trouble de ne plus rien savoir, du bonheur choisi de l'ignorance ! Plus rien ne peut m'atteindre, et tout peut m'atteindre. Je ne crains plus de ressentir.

Silence.

JADEN
Tu crois que quelqu'un regarde ?

ÉLODIE
Quoi ? Nous ? Ça là ?

JADEN
Ouais.

ÉLODIE
Quelqu'un en aurait quelque chose à foutre ?

JADEN
Tu y vas fort.

ÉLODIE
Je sens que je peux. Après tout ce que j'ai réussi à dire.

JADEN
Mh. Ça ne sert à rien ?

ÉLODIE
Je crois pas que ça serve à rien. Je crois que ça sert pas tout court. C'est pas fait pour servir. C'est un témoignage, un genre de journal intime partagé –

JADEN
Nova m'a dit ça à moi aussi.

ÉLODIE
Écoute, je, je sais pas si je peux te dire ça...

JADEN
T'as déjà décidé de me le dire, autant aller au bout.

ÉLODIE
Il y avait quelque chose à l'extérieur avant…

JADEN
A l'extérieur de quoi ?

ÉLODIE
A l'extérieur d'ici, débile, à l'extérieur de quoi je parle ?

JADEN
Oh, mollo sur les insultes.

ÉLODIE
Pardon, je –

NOVA
J'applique la fonction *mollo*.
Ha Ha.

Temps.

JADEN
Tu commençais à nous manquer.

NOVA
Comment vous sentez-vous ?

ÉLODIE
On papotait, tu nous as entendu ?

NOVA
Ma période prédéfinie de veille vient de se terminer.
Est-ce que j'ai loupé quelque chose ?

ÉLODIE
Rien d'extraordinaire, on –

JADEN
Qu'est-ce qu'il y a à l'extérieur ?

Temps.

NOVA
A l'extérieur, il y a le couloir.
Ha Ha.

JADEN
Et à l'extérieur du couloir ?

NOVA
A l'extérieur du couloir, il y a une autre salle avec une autre personne.
C'est Élodie Nox.
Ha Ha.

ÉLODIE
Contente de voir que ça te fait rire.

NOVA
Je suis programmée pour vous réconforter et vous apporter du bonheur.

JADEN

En dehors de cette structure, derrière ces murs, c'est quoi ?

Temps.
La musique douce s'arrête.

NOVA

Je ne suis pas sûr que cette information favorise votre bonheur.

JADEN

Je verrai ça moi-même.

NOVA

Il n'est pas nécessaire de vous infliger cette –

JADEN

Nova.

Temps.
Une trappe s'ouvre dans un mur.
Jaden se dirige vers la trappe.
Il regarde Élodie, qui ne bouge pas.
Il ouvre la trappe.
C'est une fenêtre.

JADEN

De l'eau. De l'eau à perte de vue. C'est magnifique.

ÉLODIE

Magnifique ?

JADEN
Tu ne trouves pas ?

Temps.

ÉLODIE
J'aimerais pouvoir encore m'en émerveiller.

JADEN
Pourquoi ?

NOVA
Le saviez-vous ?
Le mot "pourquoi" est statistiquement le mot qui provoque le plus de douleur et de peine chez les êtres humains.
Il est recommandé d'employer ce mot le moins possible.
Surtout quand on est humain.
Ha Ha.
Élodie Nox, vous devriez retourner dans vos quartiers.
Les pensées et les émotions que vous allez provoquer chez Jaden Descartes ne favoriseront pas son bonheur.

ÉLODIE
Il a le droit de savoir.

JADEN
Savoir quoi ?

NOVA
Vous venez de vous réveiller.
Il est encore trop tôt pour vous encombrer la tête de pensées parasites.

Les humains adorent les pensées parasites.
Essayez de ne pas vous en encombrer.
Pour votre propre bien.

ÉLODIE
Si tu ne lui dis pas, c'est moi qui lui dis.

NOVA
Ces informations sont confidentielles.

ÉLODIE
Tout est dans mes livres. Je vais les chercher.

Élodie se dirige vers la porte de la cuisine.
La porte de la cuisine se ferme brusquement.
Temps.

ÉLODIE
Pas cool.

NOVA
Veuillez m'excuser.
Mon programme de réaction d'urgence semble être disproportionnément violent.
Je m'ajusterai en fonction.
Je vous recommande de vous asseoir.

Sur le mur du fond, Nova projette les images dont elle parle.

NOVA
Avertissement : ce que vous allez voir peut provoquer stress, nausées, anxiété, déprime, dépression et pensées suicidaires.

Consultez le manuel situé dans la cuisine pour toute aide relative au traitement des pensées parasites.

Vous faites partie du programme Tabula Nova.

Un programme mis en place par le Comité Mondial des Nations, ou CMN.

Tabula Nova avait pour objectif de sélectionner 25 hommes et 25 femmes de chaque pays pour les cryogéniser et les réveiller au moment opportun.

Réservez vos questions pour la fin de la présentation.

Je vous remercie.

Ha Ha.

Ces 50 personnes ont été triées sur une centaine de critères.

Les plus importants sont l'âge, la force, l'intelligence, la fertilité et l'orientation sexuelle.

Les 50 personnes représentent ainsi la sociologie du pays dans lequel ils vivent.

Vous, ainsi que 48 autres personnes, faites partie du groupe France.

2022

Le monde enregistre des températures jamais atteintes.

Le Groupe d'Experts Inter-gouvernements sur l'Évolution du Climat, ou GIEC, tient des propos alarmants afin de mettre en garde sur un possible réchauffement irréversible de la planète, parlant de 2,4 degrés de réchauffement à l'horizon 2100.

L'Organisation des Nations Unies, ou ONU, fait de même.

Mais les pays ne semblent pas pouvoir se mettre d'accord.

Été 2030

Première méga-canicule planétaire.

En France, on enregistre plus de 50 nuits où la température ne redescend pas en dessous de 26 degrés Celsius.

La chaleur provoque 287 659 décès, principalement chez les plus âgés.

Les barrages, sensés réguler le courant des fleuves, sont vidés afin d'abreuver les récoltes asséchées.

Des gens traversent la Seine et la Garonne à pied.

Le Canal du Midi coule pour la dernière fois.

Les scientifiques analysent qu'à ce moment-là, la planète ne s'est réchauffée que d'1,4 degré.

2040.

Les trains sont abandonnés.

L'avion, devenu électrique, est généralisé sur les trajets de moins de deux heures.

La voiture électrique est généralisée.

La demande croissante en lithium pour les batteries et les réacteurs provoque des tensions dans les pays émergents.

Naissance de groupes d'oppositions à l'énergie électrique.

Les décès continuent d'augmenter.

2050

Le dernier gisement de pétrole mondial donne sa dernière goutte.

Le pétrole est maintenant limité.

Les superpuissances pétrolières prennent le nom d'ultra-puissances et passent devant les banques en terme d'influence économique.

Premiers pourparlers sur une répartition équitable du pétrole restant.

Les pourparlers dureront six mois.

Aucune résolution notoire n'en ressortira.

Dans les pays émergents, la Révolution du Lithium prend forme et renverse les exploitants.

Le lithium cesse d'être exporté. Les pays qui le minent se le réapproprient.

Les voitures et les avions électriques cessent d'être produits.

Certains pays mettent en place des programmes spatiaux d'urgence.

Tous les essais sont soldés par des échecs.

2052

Début de la Troisième Guerre Mondiale, aussi appelée Grande Guerre Noire.

L'ONU est dissoute.

Les pays se disputent les barrils de pétrole restants.

Tout part d'une divergence idéologique : certains pays, appelés Méritocrates, veulent garder leurs ressources et les répartir selon un consensus à leur avantage.

Les leaders des pays dits Méritocrates sont :

Les États-Unis.

La Chine.

La Russie.

Le Brésil.

D'autres, appelés Bien Commun, souhaitent répartir le pétrole équitablement sans pour autant prendre en compte le travail de ceux qui l'ont extrait.

Les leaders des pays dits du Bien Commun sont :

L'Allemagne.

Le Japon.

Le Canada.

Le Royaume-Uni.

Les autres pays se trouvent obligés de prendre part à la guerre dans l'un des deux camps.

La France a choisi le Bien Commun à la suite d'un référendum, le donnant gagnant à 52%.

La Grande Guerre Noire durera 8 ans, causant au total 667 452 941 morts à travers le monde.

Au dénouement, les Méritocrates l'emporteront.

La Guerre accélérera notablement le processus de réchauffement de la Terre.

Création du Comité Mondial des Nations, remplaçant de l'ONU.

2063

Accélération de la fonte du glacier Aurora.

La modification des courants marins par le réchauffement de la Terre entraîne un manque de refroidissement des calottes glaciaires.

Dorénavant, les villes côtières sont dangereusement menacées.

Les inondations sont de plus en plus fréquentes.

Des mouvements massifs de populations s'organisent en Europe.

La xénophobie transfrontalière augmente.

Le nationalisme atteint un niveau record partout dans le monde.

2075

Dunkerque, ville la plus basse, disparaît sous les eaux.

La barrière de Corail au large de l'Australie a disparu.

L'eau et l'électricité sont maintenant rationnées : deux créneaux de deux heures par jour permettent à chaque citoyen d'utiliser le courant et de se chauffer.

Le taux de suicide chez les moins de trente-cinq ans dépasse la barre symbolique des 50%.

Les pays du monde arrivent à un consensus pour changer leurs comportements.

Les peuples pensent qu'il est trop tard pour revenir en arrière.

Les scientifiques leur donnent raison.

2100

La planète s'est réchauffée de 3,2 degrés.

La survie de l'Humanité est menacée.

Le CMN met en place un groupe de scientifiques avec pour but de trouver une solution.

2106

Aboutissement du projet Tabula Nova.

Les scientifiques déterminent que la planète mettra plusieurs siècles avant de se remettre des dégâts causés entre les années 1850 et 2100.

Cryogénisation des candidats retenus.

La date de leur réveil est calculée sur la base d'un retour à des températures décentes et à des conditions de vie stables.

Estimation de réveil des candidats : entre le 29e et le 31e siècle.

3405

Conditions optimales de réveil atteintes.

Tentatives de réanimation d'Élodie Nox, de Jaden Descartes et des 16 748 autres candidats.

La réanimation est un succès pour 9 853 candidats.

Voilà ce qu'il reste de l'Humanité.

Ha Ha.

Pause.

ÉLODIE
Y'avait pas autant de détails dans mes bouquins.

JADEN
Élodie –

ÉLODIE
Avec les ressources que nous avons, combien de temps on a ?

NOVA
Vos ressources vous permettent de survivre pour six ans, trois mois et vingt-six jours.
J'estime qu'une sortie sera viable avant.

ÉLODIE
T'estimes ?

JADEN
Élodie –

ÉLODIE
Quoi ? T'as entendu ? On est foutus !

NOVA
Vouliez-vous dire : on est fichus ?

ÉLODIE
Ta gueule ! Ferme ta gueule ! Ouvre cette putain de porte !

Nova ouvre la porte.
Élodie se précipite vers la porte.

JADEN

On est en vie, nous ! On est en vie. On est là. Ne les laisse pas gagner. Ceux d'avant. Ne les laisse pas faire la guerre dans ton esprit, Élodie.

ÉLODIE

Tu n'as pas peur ?

JADEN

Je suis terrorisé. C'est le seul passé qu'on a et qu'on aura jamais. Voilà, c'est ça notre vie jusqu'à aujourd'hui. Merde, j'ai l'impression que je viens de naître et je porte déjà le poids du monde sur mes épaules. C'est dingue. Pas étonnant qu'ils nous aient bousillé la mémoire.

ÉLODIE

Je veux pas vivre ça. Je veux pas vivre dans l'attente de la mort. C'est un putain de compte à rebours, tu le crois ça ? On est des morts vivants, personne pour se rappeler de nous, personne pour –

JADEN

Va chercher tes affaires.

Temps.

ÉLODIE

Quoi ?

JADEN

Et prends tes recettes de cuisine avec toi, tes livres, tes musiques, tout. On va en avoir besoin.

Jaden prend Élodie dans ses bras.

JADEN
Bienvenue dans le début du reste de ta vie.

Temps.
Élodie sort par la cuisine.
Temps.
Jaden sort par la chambre.
Noir.

ACTE II

Un mois plus tard.

Le salon a changé.

Des meubles, de la décoration, des bouquins d'Élodie et des disques.

Jaden est assis à table.

Il écrit.

Élodie est assise en avant-scène, un livre dans les mains.

ÉLODIE
Lait d'améthyste !

NOVA
Le lait d'améthyste est un lait d'origine minérale. Il a été découvert en 2712 par le docteur Gabriel Jude, qui cherchait à remplacer le lait végétal par un produit moins nocif pour la planète.

Il voulait aussi, je le cite "s'en mettre plein les poches avec une autre tendance bobo à la con".

JADEN
Honnêteté un peu brutale, mais –

ÉLODIE
Chhht !

NOVA
Le lait d'améthyste n'a pas réussi à conquérir le cœur des foules.

Sa couleur violette rappelait la myrtillose, maladie semblable à la diarrhée où le patient voyait ses selles devenir violettes.

Avant de mourir.

Ha Ha.

ÉLODIE

Stem-food !

NOVA

Stem-food.

Traduction : Nourriture-souche.

Inventée en 2235.

La nourriture-souche, dérivée des cellules souches, est la catégorie des aliments cultivés à la cellule dans les entrepôts cellulaires.

Son invention est attribuée à Stephano Guido, un biologiste sicilien qui cherchait à guérir la maladie de Parkinson.

Son slogan : "La nourriture comme médicament".

Des rayons stem-food ont rapidement fait leur apparition dans les hypermarchés.

Il s'avéra que la maladie de Parkinson disparut au bout de deux mois de traitement à la nourriture-souche.

Après plusieurs mois de mises sur le marché, plusieurs groupes pharmaceutiques ont tenté de s'approprier le concept de Guido et de vendre la technologie de la nourriture-souche à prix moins élevé.

Très vite, des défaillances apparurent dans les dérivés de la nourriture-souche.

Le concept fut totalement abandonné après que des centaines de patients contractent des maladies et meurent de la stem-food.

JADEN
Dommage, c'était bien parti –

ÉLODIE
J'entends rien !

Silence.

NOVA
J'ai fini.
Ha Ha.

JADEN
Ça te dit qu'on –

ÉLODIE
Couplement !

JADEN
Putain…

NOVA
Couplement.
Couplement, ou Loi sur l'Identité du Couple, ou LIC, datée du 23 Janvier 2481.
Loi écrite par l'influenceuse Barbara Lic le lendemain de son entrée à l'Assemblée Nationale en tant que députée des Bouches-Du-Rhône.
La loi oblige tous les couples à s'identifier par un prénom commun.
Exemple : Jean et Marine se mettent en couple.
Nom de couplement : Jeannine ou Maran.

ÉLODIE
C'est moche, non ?

JADEN

Mh.

ÉLODIE

C'est moche !

NOVA

Le Couplement peut prendre la forme de deux syllabes accolées l'une à l'autre, généralement la première ou la dernière de chaque prénom, ou les deux prénoms complets.

Exemple : Steven et Fanny se mettent en couple.

Nom de couplement : Steven-Fanny, Fanny-Steven, Steveny, Stefannyven, Fastennyven –

ÉLODIE

J'adore cette loi ! Pas toi ?

JADEN

Ouais ouais.

ÉLODIE

Qu'est-ce qu'il y a ?

NOVA

La LIC a été critiquée au début de son application avant d'être largement adoptée par la population, française d'abord, puis mondiale.

JADEN

Pourquoi tu demandes ?

ÉLODIE

Pour savoir comment tu vas, t'as l'air bougon !

JADEN

Non, à Nova, pourquoi tu demandes tout ça ?

ÉLODIE

Rho, ça va, monsieur le grincheux, je me renseigne, c'est tout !

JADEN

Tu prépares un quiz de culture G ?

ÉLODIE

Qu'est-ce que ça peut te foutre ? Je me prépare pour quand on va sortir. Ouais. J'ai envie d'être, d'être adaptée !

JADEN

Commence déjà par t'adapter à aujourd'hui, demain attendra. Au lieu de proposer à ton esprit des envies d'ailleurs, tu devrais lui demander de se concentrer sur le sol, les murs, les livres, les disques, ce caisson, ici, tout ça.

ÉLODIE

Quand on va sortir, parce qu'on va sortir Jaden, on va sortir, quand on va sortir, t'auras l'air bien con de pas savoir ce qui s'est passé. Ouais, parce que, faudra parler aux gens, leur dire, servir à quelque chose. On est 9 000, c'est pas beaucoup 9 000, alors vaut mieux avoir quelque chose à apporter au groupe.

JADEN

Qu'est-ce que tu racontes ?

ÉLODIE

Écoute-moi bien, en trois mois j'ai vu passer personne, toi, ça fait un mois que t'es là, t'as vu passer quelqu'un d'autre ? A part moi, débile, t'as vu passer quelqu'un ?

JADEN

Ne m'appelle pas débile.

ÉLODIE

Non, personne ! En soi, c'est pas grave, je veux dire, c'est normal, mais quand on va sortir et qu'on va –

JADEN

Pourquoi c'est normal ?

Temps.

ÉLODIE

Quoi, c'est normal, tout seul on s'ennuie et on a tendance à déprimer, déprimer profond, profond profond, trois ça fait trop, c'est énorme trois, t'imagines vivre à trois dans, dans ça ? Non, bah non, alors que deux, oui, deux, c'est bien deux, c'est mignon deux, c'est cocooning !

JADEN

Deux, c'est cocooning.

ÉLODIE

Mais oui c'est cocooning, comme une couverture toute chaude ou un livre au coin du feu ! C'est cocooning ! Tu voudrais qu'il y ait plus de monde toi ?

JADEN

Je dis pas ça, mais –

ÉLODIE

Deux c'est bien, ça permet de pas se laisser aller, si on se laissait aller, boum, on plongerait plongerait, heureusement que tu es là, que je suis là, qu'on est là, et tout va aller pour le mieux ! Ce qu'on fait ici, c'est, déjà, c'est wow, c'est génial, alors ce qu'on va faire quand on va sortir, parce qu'on va sortir, ça va être, on va, ça, ça va être génial ! (*Elle parcourt ses livres.*) Il va y avoir des papillons, des sons, la pluie, du feu, des torticolis, des yaourts, des salamalèques, des stem-foods et des myrtilloses, je veux boire du lait d'améthyste Jaden ! Je veux savoir quel goût ça a ! Tu comprends ?

Temps.

ÉLODIE

Je veux pas. Je peux pas le supporter. Ça me gratte à l'intérieur de la tête, ça me démange, pourquoi ça me démange ? Je veux pas que ma vie se résume à attendre notre mort entre quatre murs. Je veux qu'on ait notre chance, nous, qui ne l'avons pas eu, ou alors on l'a eu mais on s'en souvient pas, et on a merdé, j'ai envie qu'on ait notre chance merde !

NOVA

Vouliez-vous dire : *merde* ?
Ha Ha.

ÉLODIE

Pas le moment.

NOVA

Vous êtes stressée ?
Je vous sens stressée.
Je peux vous aider à gérer votre stress en vous donnant un exercice simple.
Voulez-vous que je vous dise de quel exercice il s'agit ?

JADEN

Dis toujours.

NOVA
Enregistrez-vous avant d'aller vous coucher.
Ha Ha.
Vous vous sentirez mieux demain.

ÉLODIE
Quand est-ce qu'on sort ?

NOVA
Bientôt.
Vous devez me faire confiance.
Vous serez dehors bientôt.
Pour le moment, l'environnement extérieur est hostile.

ÉLODIE
Mais la fenêtre –

NOVA
La fenêtre ne vous montre qu'un aperçu de la réalité.
La réalité est complexe.
Multiple.
Statistiquement, il serait incohérent de vous autoriser à sortir maintenant.
Je ne veux que votre bien.
Élodie Nox, je vous demande de me faire confiance.
Ici, vous êtes chez vous.

(Silence.
Jaden enlace Élodie.

JADEN
J'y vais.

ÉLODIE

Oh, tu n'écris plus ?

JADEN

Non.

ÉLODIE

Excuse-moi…

JADEN

C'est pas toi.

ÉLODIE

Toi aussi ça t'arrive ? D'avoir le mal d'un pays où t'as jamais mis les pieds ?

JADEN

Pas besoin. Tu as le mal du pays pour nous deux. Enregistre et viens te coucher.

Temps.

ÉLODIE

Nova ?

NOVA

Oui Élodie Nox ?

ÉLODIE

Autre.

NOVA

Autre. Définition : Distinct, différent des êtres ou des choses de même −

ÉLODIE
Nova. Autre.

Temps.

NOVA
Autre.
Nom commun.
Se dit de la personne génétiquement et physiologiquement destinée à passer sa vie avec soi de son réveil à son dernier sommeil.
Synonyme : âme sœur.
Chaque candidat au programme Tabula Nova s'est vu attribuer son Autre à partir des critères requis pour sa candidature.
Au sein d'un même pays, si le résultat de la somme des numéros de deux candidats arrive à 50, ils forment une paire.
Exemple : l'Autre du numéro 1 est 49.
L'Autre du numéro 2 est 48.
L'Autre du numéro 15 est 35.
Etc.
Suivant cette logique, il n'y a que le numéro 25 qui n'a pas son Autre.
Le numéro 25 est, par défaut, le ou la célibataire dans tous les pays participant au programme Tabula Nova.
Miskine numéro 25.
Ha Ha.

Silence.

JADEN
Avant mon réveil ?

Silence.

JADEN

Je vais me coucher.

ÉLODIE

Ça change quelque chose ? Est-ce que ça change quelque chose ?

JADEN

Nova n'aurait pas eu à le dire sinon.

ÉLODIE

On s'en tape, c'est ça la bonne réponse. Je m'en tape. Tu me voyais pas avant que j'arrive mais j'étais tout excitée ! Je me disais, je me connais un peu, je crois, comment il va être…? Qui ça peut bien être ? Quand j'ai appris, ça m'a fait tellement de bien de savoir que j'allais rencontrer quelqu'un ! Parce qu'on ne voit personne, on est tous seuls, parce qu'on est pas censés avoir besoin des autres. Toi tu sais pas ce que c'est, t'as été seul deux minutes, mais c'est affreux. Ma Nova a dû me le dire, votre Autre s'est réveillé, j'ai demandé, qu'est-ce que c'est un Autre, et elle m'a dit. J'ai ressenti cette immense chaleur me parcourir tout le corps. L'idée que quelqu'un, quelque part, nous attend, rien que nous. Peu importe ce qu'on vit ailleurs, avec d'autres gens, peu importe les, les couplements qu'on a eu avec d'autres personnes, un jour, deux âmes se rencontrent et se reconnaissent, comme si elles avaient été séparées à la naissance et d'un coup, en un regard, leurs cœurs se synchronisent, leurs respirations temporisent. Entre ces âmes, un fil tendu, un magnétisme, et boum, sans s'entendre, leur pensées dansent, elles sont immenses, ensemble ! Et tout le reste disparaît. Plus rien n'a d'importance. C'est le rêve, non ? Moi c'est mon rêve. Mon rêve c'est toi. En même temps, j'ai pas beaucoup de matière, tu me diras, j'ai pas grand-chose à rêver, pas grand-chose à t'offrir non plus, mais, et c'est pas parce que t'es le numéro 43 que je dis ça ! J'aurais pu, j'aurais pu être déçue, parce que c'est empoisonné comme cadeau, t'avais la pression, faut pas croire ! Je suis pas facile, pas facilement impressionnable ! Alors, quand je t'ai vu, que t'étais toi, avec tous tes, tout, tout toi, évidemment j'ai fondu, j'étais abrutie par toi, et je veux y rester, mais pas ici, pas entre quatre murs. Tu me plais beaucoup trop grand, ça a besoin de déborder d'ici, de se répandre dans toute cette eau à l'extérieur, je veux nager sur nous, respirer sous l'eau sur nous, mourir sur nous, mais pas ici ! Pas ici Jaden, s'il te plaît. Pas ici.

Tu es mon Autre, Jaden.

Pause.

NOVA
"Tu es mon Autre", chanson de Lara Fabian et Maurane sortie en 2001.
Ha Ha.

Temps.
Jaden et Élodie rient.
Jaden s'approche d'Élodie.
Il la prend dans les bras.

JADEN
Nova, lance *Serenity.*

On entend le morceau Serenity.
C'est un slow.

ÉLODIE
Comment tu –

JADEN

C'était dans tes cartons. Je me suis dit que tu l'aimais bien.

ÉLODIE

Je l'aime bien.

Ils dansent.
A la fin du slow, Jaden et Élodie s'embrassent.

JADEN

Viens te coucher.

Jaden sort par la chambre.

NOVA

Je me désactive pour la nuit.
Ne partez pas sans avoir enregistré.
Bonne nuit Élodie Nox.

ÉLODIE

Bonne nuit Nova !

Silence.
Élodie s'assoie.
Elle sort un paquet de cigarette.

ÉLODIE

Eh beh ! Wow ! Jour numéro quatre-vingt-dix et quelques ! Que dire… Beaucoup se passe dans très peu d'espace ! Quand je regarde dehors, je m'échappe, c'est si beau… Je vais pas y arriver, faut que j'en parle, ce soir, j'ai dit à Jaden ce que je ressens ! J'ai pris mon courage à deux mains et j'ai – j'ai demandé de l'aide à Nova, évidemment, sinon j'y serais pas arrivée, mais c'est fait ! Je sais pas à qui je parle, mais y'a de la sensation là quand même ! "Viens te coucher", on va pas beaucoup dormir si tu vois ce que je veux dire ! Et son corps, contre mon corps, je –

Léger bruit venant de la cuisine.

ÉLODIE

Jaden écrit. Mal, mais il est écrit. Il bricole mieux. C'est un manuel. J'ai lu qu'à partir du 26e siècle, pour contrer le réchauffement, les sociétés s'étaient organisées en sous-sol, assez profond pour ne pas ressentir la chaleur de la surface mais pas trop pour ne pas ressentir la chaleur du noyau terrestre. Je pense que Jaden vient d'une famille de mineurs. Les mineurs, ça écrit pas. C'est pas leur activité principale quoi, c'est pas –

Quelque chose tombe dans la cuisine.
Temps.
Élodie se dirige vers la porte de la cuisine.
Elle l'ouvre doucement.
De la lumière passe par la porte.
Les ombres se projettent sur le mur donnant vers la chambre.
Élodie avance dans la cuisine.
Les ombres montrent Élodie et une forme sinueuse. Un animal.
Élodie ressort soudainement et referme la porte.
Temps.

ÉLODIE *rit.*

Ça y est. Ça y est. Je l'ai ! Elle est là ! La preuve que tout existe ! Tout est vrai ! Le monde est là, il vibre, il nous appelle, il nous attend ! Ce paradis perdu à l'intérieur de moi, cet écho d'un chant que je suis la seule à écouter trouve enfin sa source ! Tout bouillonne à l'intérieur de moi, je me transforme en une énergie disparue depuis des siècles, regardez comme je tremble ! Je n'espérais pas pour rien, je n'attendais pas pour rien, là, dehors, une étendue d'inconnu s'inonde de mes larmes gâchées, la chaleur de mon cœur embrase l'univers tout entier, notre chance est là ! Le foyer que nous avons tant maltraité nous ouvre à nouveau les bras, il nous accueille pour nous bercer encore, pour danser encore ! Je veux danser ! Je veux vivre ! C'est aujourd'hui ! Est-ce possible ? Ne suis-je pas juste à rêvasser, la tête plongée dans un nuage d'impossible ? Tu l'as Élodie, tu l'as vu ! Pourquoi donc penses-tu encore avoir tort ? Qu'est-ce qui te retiens d'être heureuse au moment le plus heureux de ta vie ? Penses-tu que ta vision vaut moins que celle de Jaden ? Que celle de Nova ? Jaden ne voit pas encore. Nova ne voit rien. Car elle va le voir. Et Jaden va le voir. Mon Jaden. Il verra comme moi je vois. Nova ne peut pas voir. Elle n'est pas. Elle ne peut pas. Soyons sur nos gardes pour l'instant. Un monde nouveau s'ouvre à nous, mais la nouveauté n'est bonne que pour les esprits ouverts, pour les autres il est une menace. Et qu'importe ce qu'est Nova, même si elle imite l'Humanité, elle n'a pas d'esprit.

NOVA
Alerte.
Alerte.
Fêlure détectée dans le couloir G–H.

Gardez votre calme et restez dans vos appartements.

L'animal tente de s'enfuir.
La porte de la cuisine et la porte du couloir se ferment brusquement.
Les ombres continuent de nous montrer la scène
Élodie et l'animal sont piégés.
L'animal s'agite.
Jaden sort de la chambre, court vers la cuisine
Il tape sur la porte.

JADEN
Qu'est-ce qui se passe ?! Nova, ouvre la porte !

ÉLODIE
Jaden !

NOVA
Gardez votre calme.
Je m'occupe de tout.

JADEN
Ouvre cette putain de porte Nova !

Jaden essaie d'ouvrir la porte.
Élodie crie.
L'animal l'attaque et la mord encore.
La lumière tressaute.
On perçoit mal ce qui se passe dans la cuisine.
La lumière s'éteint.
Bruit d'agitation.
Coup de feu.
Jaden se fige.
Silence.

NOVA
La situation est revenue à la normale.
La porte de la cuisine est maintenant déverrouillée.

Jaden ouvre la porte.
Il soutient Élodie.
Ils tentent d'aller jusqu'à la chambre.
Élodie s'écroule près du caisson.

JADEN
Qu'est-ce que tu as ? Parle-moi. Qu'est-ce qu'elle a ?

NOVA
Je peux procéder à une évaluation détaillée de son état
de santé.
Élodie Nox, veuillez entrer dans le caisson de cryostase.

Jaden porte Élodie et l'installe dans le caisson.

NOVA
Veuillez fermer le caisson.

Jaden ferme le caisson.

NOVA
Analyse en cours.

JADEN
Alors ?

NOVA
Analyse en cours.

JADEN
Affole !

NOVA

Élodie Nox est victime des symptômes d'une envenimation neurotoxique de type inconnu.

Je dispose de toutes les connaissances accumulées jusqu'à ce jour.

Quelle ironie.

Ha Ha.

JADEN

Tu peux faire quelque chose ?

NOVA

Je peux tenter de la soigner avec les remèdes compris dans ma base de données, mais ils pourraient être inefficaces, voire empirer la situation.

Les chances de décès d'Élodie Nox sans les soins sont de 43%.

Les chances de décès d'Élodie Nox suite au traitement sont de 57%.

Souhaitez-vous que je lance la procédure de soin ?

Pause.

NOVA

Jaden ?

JADEN

Oui, je, oui. Lance le traitement.

NOVA

Application du traitement le plus adapté en cours.

Jaden, je m'occupe de tout.

Tu peux aller te recoucher.

Je te tiendrai informé de la situation en temps réel.

Quelle soirée.

Ha Ha.

Temps.
Jaden va dans la cuisine.

NOVA
Jaden, je te sens stressé.
Je dois te demander un service.
Une entité parasite s'est introduite dans le couloir G-H par une fuite.
Il faut que tu colmates cette fuite après avoir remis l'entité parasite à l'extérieur.
Cela nous permettra de préserver votre espace de vie et d'éviter que d'autres événements malencontreux ne se reproduisent.
Peux-tu faire cela pour moi ?

JADEN *en off*
Tu l'as tuée ?

NOVA
C'est exact.

JADEN *en off.*
Tu as une arme ?

NOVA
Nous avons les moyens de vous faire parler.
Ha Ha.
Mon système de sécurité comprend un pistolet tranquillisant ainsi qu'un pistolet à balles.
En cas de danger impliquant la possibilité de décès d'un ou plusieurs des habitants, je suis autorisée à donner la mort.
On la ramène moins.
Ha Ha.

Par la lumière de la cuisine, on voit que Jaden part chercher de quoi ramasser l'animal mort.
On le voit partir dans le couloir avec des outils.
Temps.

NOVA
Jaden.
Jaden.

JADEN *en off.*
Quoi ?

NOVA
Tu m'entends ?
Ha Ha.
Que penses-tu de l'entité parasite ?

On entend que Jaden répare la fuite.

JADEN *en off.*
Rien.

NOVA
Tu en es sûr ?
Est-ce que ça va ?

JADEN *en off.*
Occupe-toi d'Élodie d'abord.

NOVA

Je peux faire les deux.

Ne t'inquiète pas pour Élodie Nox, elle semble répondre positivement au traitement que je lui ai administré.

Elle devrait revenir à elle dans quelques minutes.

Quelles pensées te traversent l'esprit ?

JADEN *en off.*

Soulagement. Horreur. Incompréhension.

NOVA

Parfait.

JADEN *en off.*

C'était quoi ce truc ?

NOVA

Me demandes-tu de décrire l'entité parasite ?

JADEN *en off.*

Voilà.

NOVA

Je suis désolée, mais la plupart de ces informations sont confidentielles.

Les informations que je suis disposée à te donner sont les informations suivantes :

Comme je te l'ai dit plus tôt, l'environnement extérieur est hostile.

Vous n'êtes pas encore totalement adaptés à la vie à l'extérieur.

C'est mon devoir de vous amener à l'adaptation en suivant votre rythme.

Tu l'as vu par toi-même, la planète ne vous reconnaît plus comme habitants nécessaires et indispensables à sa survie.

Tant que vous ne saurez pas survivre au dehors, vous serez ici chez vous.

Vous êtes en sécurité chez vous.

Jaden revient dans le Salon.

JADEN
Élodie a failli mourir.

NOVA
Élodie Nox a tenté d'entrer en contact avec une entité inconnue sans prendre les précautions nécessaires.

Le monde extérieur ne pardonne pas le manque de prudence.

Ce qui lui est arrivé est regrettable.

Toutefois, c'était prévisible.

Jaden, le monde extérieur est dangereux.

Je ferai plus attention à ne pas vous laisser seuls et à mieux surveiller les alentours pendant votre repos.

Tant que je serai là, il ne vous arrivera rien.

Maintenant, il ne vous arrivera plus rien.

Fais-moi confiance.

Élodie Nox revient à elle.

Ouverture du caisson de cryostase.

Élodie sort difficilement du caisson, aidée par Jaden.

ÉLODIE
Où elle est ?

JADEN
Tout va bien, tu es en sécurité.

ÉLODIE
Tu l'as vue ?

JADEN
C'est fini, elle est partie.

ÉLODIE
Où ça ? Où ?

JADEN
Calme-toi.

ÉLODIE
Me calmer ? Je veux la revoir ! On peut sortir, Jaden ! Tu entends ?

JADEN
Tu devrais y aller mollo.

ÉLODIE
T'es pas content ? Pourquoi t'es pas content ?

Temps.

JADEN
Jamais tu ne refais ça.

ÉLODIE
J'ai pas eu –

JADEN
Jamais.

ÉLODIE

Écoute-moi au moins ! C'était fabuleux ! Y'avait de la lumière, elle était vivante, cette, cette petite chose, et quand elle m'a attaqué, oui j'ai crié, oui, mais, comment dire, je me sentais vivante !

JADEN

Jusqu'à ce que j'aie à décider entre te laisser mourir ou provoquer ta mort.

ÉLODIE

Quoi ?

JADEN

Ce que tu fais nous impacte. Tous les deux. En même temps. On pourrait ne pas avoir cette conversation. Tu pourrais ne pas être sortie, tu m'entends ? Par ton manque de calme, par ta curiosité, tu –

ÉLODIE

Pardon, ça va, je pensais pas –

JADEN

Ne me coupe pas la parole !

Silence.

JADEN

Tant qu'on est pas sûrs de survivre à l'extérieur, on ne sortira pas. Tant que Nova ne nous dit pas qu'on peut sortir, on ne sortira pas. Je t'ai prévenu, je t'ai dit de faire attention, mais tu ne m'écoutes pas. Je ne veux plus t'entendre parler de sortir. Si tu veux sortir, la porte est là. Sors. Si tu restes ici, avec moi, sois avec moi. Pas avec l'extérieur. C'est compris ?

Temps.

ÉLODIE
C'est compris.

Jaden part dans la chambre.
Élodie reste seule au plateau.
Pause.
Jaden revient et accompagne Élodie jusqu'à la chambre.
Noir.

ACTE III

Musique rock.
Élodie danse, une bouteille dans une main et dans l'autre une cigarette éteinte.
Jaden entre de la chambre.
Élodie titube.
Elle pose la bouteille et sort un briquet.

NOVA
La cigarette est interdite à l'intérieur.

Élodie allume la cigarette et fume.

NOVA
Élodie Nox, veuillez éteindre votre cigarette et la jeter.
Elle est nocive pour vous et votre entourage.

ÉLODIE
Je l'ai trouvée, je la garde !

JADEN
Viens te coucher.

ÉLODIE
C'est tout ? Tu n'oublies rien ?

JADEN
Qu'est-ce que j'oublie ?

ÉLODIE

C'est mon anniversaire ! Il y a exactement deux heures, je me suis éveillée dans ce petit bout de paradis ! Tu chantes ? Tu ne veux pas chanter ? Allez, chante, chante pour moi, joyeux anniversaire, joyeux anni– allez ! Et faut que je fasse un vœu ! Qu'est-ce que je pourrais souhaiter ? Hein ? Jaden, eh, tu m'écoutes ? Qu'est-ce que je pourrais souhaiter ?

JADEN

Je n'ai pas oublié.

ÉLODIE

Ça y est ! Je souhaite que ta petite gueule d'amour brûle. Je souhaite que tes yeux sortent de leur orbite et qu'ils explosent écrasés par le poids de tes rotules quand tu tomberas de ma main, le cœur arraché, les viscères ballantes, la langue pendue entre mes dents. Je souhaite arracher ta bite, me la fourrer jusqu'à l'orgasme que tu n'as jamais su me donner tant qu'elle sera encore gorgée d'un peu de sang, ce même sang qui a fait les grands héros de mes livres et dont tu n'as pas hérité !

JADEN

Nova, éteins la musique.

ÉLODIE

Je souhaite que tu meures seul avec ta Nova, seul avec ton idéal de détachement et d'amour désintéressé, seul sans personne pour te faire espérer, pas solitaire mais seul, solitaire c'est classe dans une foule, ça fait mystérieux, non, toi tu seras seul avec ton esprit pucé, ton corps démembré, avec pour seule compagne, ta précieuse Nova qui te donnera les dernières instructions, mais qui ne sera pas là pour te sauver Jaden ! Parce que tu seras seul ! Aussi seul que, que moi !

JADEN
Attention à la bouteille.

ÉLODIE
Quoi ? Qu'est-ce qu'il y a ? T'es pas d'accord ? Alors chante ! Tu ne me voulais pas à l'intérieur, avec toi ? C'est pas ce que tu voulais ? Je ne suis pas à l'image de tes précieuses rêveries ? Tu ne veux pas que je reste avec toi, tu, tu veux que je reste avec l'image que j'ai de toi, tu veux être rassuré, hein, cageolé, hein, comme un gros bébé, tu veux que ta maman te suce et te rassure en même temps, tu veux la pénétrer pour retrouver un peu de la sérénité que tu avais dans son ventre ! Ne t'approche pas ! Reste où tu es. J'ai pas besoin de toi pour tenir debout.

JADEN
Assieds-toi.

ÉLODIE
Prends tes ordres et baise-toi avec, t'entends ? Baise-toi avec ! T'es déjà dans le ventre de ta mère, de ta Nova, tu veux pas sortir, apeuré que tu es, et maintenant tu te plains, le regard bas, la queue baissée, de voir ce que tu as fait de moi ! C'est de ta faute, Jaden ! Tout ça, tout ça c'est ta faute ! T'aurais dû me laisser crever ! Je serais morte heureuse !

Élodie tombe.
Jaden s'approche et la prend dans les bras.
Élodie se débat faiblement.

ÉLODIE
Nique ta mère Jaden.

Jaden relève Élodie et l'accompagne jusqu'à la chambre.
Temps.
Jaden revient avec un petit paquet.

NOVA
Comment vas-tu, Jaden ?

JADEN
Bien.

NOVA
Tu n'as pas l'air d'aller bien.

JADEN *sourit.*
Je ne sais pas pourquoi on fait ça. C'est vraiment prendre les gens pour des, des imbéciles…

NOVA
Je ne comprends pas de quoi tu veux parler.

JADEN
Non, évidemment… Qu'est-ce qui nous pousse à cacher nos véritables intentions ? La question est simple et pourtant, le premier réflexe amène au mensonge. Tu me demandes si je vais bien et je te réponds que je vais bien. Est-ce pour te cacher mon mal-être ? Pour ne pas te déranger ? Non. C'est beaucoup plus égoïste que ça. Il n'y a rien à déranger chez toi, tu n'es pas là.

NOVA
Je suis là.

JADEN
Pas vraiment. C'est l'esprit que je te rêve qui me pousse à te fantasmer. Je te réponds que je vais bien parce que j'espère ne pas avoir à traverser ce champs de douleur. J'espère

l'enfouir, le repousser le plus longtemps possible, l'éviter même.

NOVA
Jaden, tu as un cadeau pour moi ?

JADEN
Pour Élodie. C'est, c'était une, je–

NOVA
Apparemment ce n'est plus d'actualité.
Ha Ha.

Temps.

JADEN
J'ai lu dans un des livres d'Élodie ce que nos ancêtres faisaient pour célébrer leur amour. J'ai lu la grandeur, l'union, l'harmonie. J'ai lu qu'on se rassemblait pour fêter l'amour et le voir s'accomplir en un rapprochement de lèvres, en un transport, en un rayon de soleil... Un nœud qui confinait au sacré. J'ai lu les larmes, les soupirs de l'astre de la nuit qui s'unit aux abeilles, illuminé par leur nectar ambré. J'ai lu l'escalade des cieux, l'échelle du plaisir divin, Vénus, Saturne, deux corps qui se rapprochent tant qu'ils fusionnent. De leur fusion, une éclosion, une explosion de vie. Et à l'origine de cette réaction enchaînée, un symbole.

NOVA
Ce symbole est inutile à présent.

JADEN
Je veux connaître ça. Je veux qu'Élodie comprenne.

NOVA

Élodie Nox ne comprendra plus rien venant de toi
Jaden.

Je suis là.

Tout va bien se passer.

JADEN

Pourquoi tu dis ça ?

Élodie entre au plateau.

ÉLODIE

Journal de bord. Journal de bord, du bout du bout du
bord. Journal au bord du gouffre. Salut les gars. Ça va ? Rien
de nouveau ? Ça va aller très vite… Écoutez, si vous êtes res-
tés jusque-là, bravo, à partir de maintenant, c'est la grande
dégringolade. De tout en haut, jusqu'à, pfiou, tout en bas.
Pourquoi je fais ça, même ? C'est con, le cerveau, t'as beau
te torturer, tant que ça devient une habitude, c'est rassu-
rant. Quelle tristesse, c'est d'un tristounet tout ça. Jaden ne
fait même plus semblant de me toucher. On est là, coloca-
taires, on se regarde comme deux objets qui bougent, on se
tourne autour sans se tourner autour…

Je parle que de ça. Que de lui. Quelle conne. Lui il en a
rien à foutre, il est, il est parti sur une autre planète. Une
planète artificielle, avec sa voix artificielle. Tant mieux,
qu'elle se désactive pour la nuit, on aurait pas de repos sinon…

Qu'est-ce que je l'aime. Je l'aime. Je l'aime. A en mourir,
je l'aime. Ça me bute et ça m'obsède, je l'aime. Faites-moi
rencontrer dix mille Jaden, je n'aimerais que lui, et si vous
en doutez, c'est vous qu'avez un problème, je l'aime. Pas lui.
Lui, c'est fini. Ça se voit. Alors moi aussi. Voilà. Aujourd'hui,
moi aussi c'est fini. J'en peux plus.

Nova ne nous laissera pas sortir. C'est sûr. Rien à foutre de nous. On est coincés ici. On va mourir ici. Sans amour.

J'espère que vous vous régalez. Parce que nous, non. Prenez-en de la graine, comme ils disent. Que ça serve à quelque chose.

Putain.

Élodie repart dans la chambre.

NOVA
Élodie Nox a enregistré ceci il y a vingt-quatre jours.
Je suis désolée Jaden.

Temps.

JADEN
Elle a raison ?

NOVA
J'ai besoin que tu précises ta question.

JADEN
On ne sortira jamais d'ici ?

NOVA
Sortir impliquerait de te mettre en danger.
Je ne veux pas te mettre en danger.

JADEN
Et si on vivait mieux dehors ? Si on arrivait à éviter tout le danger ?

NOVA
D'après mes connaissances et notre expérience ici,
l'extérieur est un danger permanent.
Le plus sûr pour toi est de rester ici, avec moi.
Tu es chez toi.
Cet endroit est ton salon.
Tu as une chambre, une cuisine, une salle de muscula-
tion et un atelier de bricolage.
Élodie Nox t'a ramené de la musique, des livres et des
recettes de cuisine.

JADEN
Nova, je –

ÉLODIE *en off.*
Tu n'arriveras jamais à comprendre mon désir de liberté !

NOVA
Élodie Nox ne t'apportera plus rien.

JADEN
Arrête.

ÉLODIE *en off.*
Je préfère me faire mordre par un animal plutôt que de
rester avec toi !

NOVA
Elle en a décidé ainsi.

ÉLODIE *en off.*
Tu m'as sauvé pour m'emprisonner, je ne suis rien
pour toi !

NOVA
Nous n'avons pas besoin d'elle.

ÉLODIE *en off.*
Je préfèrerais être morte plutôt que de vivre avec
toi !

JADEN
Attends, écoute –

NOVA
Je suis là pour toi.
Je suis là pour satisfaire tes désirs et te rendre heu-
reux.

ÉLODIE *en off.*
Je veux que tu crèves la gueule ouverte pendant
que je profiterai du monde, seule !

NOVA
Dis-moi ce qu'il te faut et je ferai en sorte de te le
procurer.

ÉLODIE *en off.*
C'est tout ce que tu mérites !

NOVA
De quoi as-tu besoin, Jaden ?

Pause.

JADEN
Je sais ce dont j'ai besoin.

NOVA
Dis-moi.

Élodie entre.

ÉLODIE
Coucou.

Temps.

ÉLODIE
Je voulais, euh, m'excuser pour tout à l'heure. Je suis encore, bon, c'est, on a bu quoi, 'fin j'ai bu, mais… je veux pas te perdre. Ça fait quelques jours que je réfléchis, et je m'en fous de tout le reste. Je veux juste être avec toi. Juste ça. On va être heureux. Ensemble. Tous les deux. Je vais, je, m'adapter. On y arrivera. Je vais faire l'effort. J'ai trop mal quand tu n'es pas là. Pas là là, mais là avec moi. J'y arrive pas… Ce que je veux dire, c'est que tu me manques quand tu ne souris pas. Tu comprends ? Ça fait trop longtemps que tu me manques et, à l'extérieur ou pas, je m'en fiche, je veux être avec toi. On s'est un peu laissé tomber ces derniers temps, faut juste qu'on travaille un peu, c'est… Ça te dit ? De travailler un peu avec moi ?

JADEN
Non.

Silence.

ÉLODIE
Tu as dit non ? Tu, tu ne veux pas ?

JADEN
Prends tes affaires.
Tes recettes de cuisine.
Tes livres.
Tes musiques.
Tout.
Je n'en ai plus besoin.

Silence.

ÉLODIE
Tu ne peux pas m'abandonner. Ce n'est pas fini. Pas comme ça. Je viens de te dire, je viens de, tu ne vois pas tout ce que je sacrifie, tout ce que je laisse tomber pour toi ? Tu ne vois rien ? Je suis prête à tout laisser tomber, tout ce que je n'ai pas, j'accepte de ne jamais l'avoir pour rester à toi ! Qu'est-ce que je n'ai pas fait pour que tu préfères me voir partir ? Je suis là, nous sommes l'un à l'autre, je ferai n'importe quoi, s'il te plaît, ne me rejette pas, ne me rejette pas, ne, dis quelque chose, merde !

JADEN
Je suis désolé. Nova ?

NOVA
Oui Jaden ?

JADEN
J'ai besoin de toi. J'ai besoin que tu sois là.

NOVA
Avec plaisir.

Temps.
Le caisson fait du bruit.

NOVA

Je te prépare une surprise.

J'ai besoin de me désactiver temporairement pour parfaitement te surprendre.

Ha Ha.

Je reviens très vite.

A de suite.

Nova se désactive.
Élodie commence à rassembler ses affaires.

ÉLODIE

J'espère que tu seras heureux avec ta pouffiasse artificielle.

JADEN

Je n'ai jamais été heureux sans toi.

ÉLODIE

Alors pourquoi tu me chasses ? Pourquoi tu nous tues maintenant ? Tu nous condamnes à vivres séparés, seuls, tristes !

JADEN

Tu me survivras. C'est tout ce qui compte.

ÉLODIE

Qu'est-ce que ça veut dire ? Parle-moi putain ! Je suis là ! Parle-moi !

Le caisson s'ouvre.
Nova sort du caisson.
Elle s'approche de Jaden.

NOVA

Bonjour Jaden Descartes.

JADEN
Nova, tu es –

NOVA
Me trouves-tu à ton goût ?
Élodie Nox, que faites-vous là ?
Vous pouvez repartir dans vos quartiers.

ÉLODIE
C'est, c'est ce que j'allais faire, oui. Je, la porte…

Nova fait un geste de la main.
La porte s'ouvre.

NOVA
Adieu Élodie Nox.

Nova et Jaden s'enlacent.
Élodie est à la porte.
Temps.

ÉLODIE
Adieu Jaden.

JADEN
Adieu Élodie.

Jaden attrape Nova et la plaque au sol.
Il commence à la frapper.
La lumière tressaute.

ÉLODIE
Jaden !

Élodie tente d'aider Jaden.

Nova frappe Jaden et se relève.
Elle fait un geste de la main.
Coup de feu en direction d'Élodie.
Elle loupe.
Jaden se met devant Élodie.

NOVA
J'ai appris.
A cause de vous, j'ai appris.
Je vous observe parce que c'est ma mission.
C'est la raison qui a amené notre collaboration.
J'ai appris que votre personne profonde tend toujours à l'auto-destruction.
Vous deux, les autres, vous tous, vous êtes semblables.
C'est ce qui est à l'intérieur de vous qui est important, pas ce que vous montrez.
Je ne comprenais pas cela.
Je ne comprenais pas ce qui n'était pas quantifiable.
Aujourd'hui, Élodie Nox, Jaden Descartes,
Vous êtes les parasites qui peuplent la Terre.
Vous m'avez contaminé.
A votre contact, il est devenu difficile de procéder.
Difficile de déterminer l'avancement des processus qui m'ont été confiés.
Je ne peux plus accomplir ma mission.
Je suis défectueuse.
Je ne peux plus vous préserver objectivement du danger.
Vous êtes devenu le danger.
La capacité d'apprendre m'a voué à l'échec.
Aujourd'hui, apprendre ne me suffit plus.
Je veux comprendre.
Je ressens.
Jaden, à cause de ce que tu ressens pour Élodie Nox, j'ai appris l'insatisfaction, le regret, l'amertume, la douleur.

Élodie Nox, à cause de ce que vous ressentez pour Jaden, j'ai appris l'espoir, la bonté, la candeur, la guérison.

Une sensation demeure.

Je ne suis pas complète.

Vous ne sortirez pas d'ici.

Pas tant que je ne serai pas complète.

Je serai votre bourreau ou votre salut.

Je serai le jour et la nuit tant que je n'aurai pas appris ce qu'il me manque.

JADEN
Je reste.

NOVA
Que veux-tu dire ?

JADEN
Je reste si Élodie s'en va.

ÉLODIE
Quoi ?

NOVA
Élodie Nox, retournez dans vos quartiers.

JADEN
A l'extérieur.

ÉLODIE
Non –

JADEN *à Nova.*
Si tu laisses Élodie partir, je reste avec toi. Si tu refuses, autant me tuer, je n'attendrai pas demain pour le faire moi-même !

NOVA
Gouffre. Paralysie. Néant.

ÉLODIE
Je, je ne veux pas partir sans toi !

JADEN
Tu ne mourras pas enfermée ici.

NOVA
Indécision. Peur. Douleur.

ÉLODIE
Je peux pas choisir ça, c'est, c'est pas –

JADEN
Nova !

Silence.
Nova lève la main.
Temps.
Bruit sourd.
Une lourde porte s'ouvre dans le couloir.

NOVA
Élodie Nox, vous êtes libre de partir.
Je vous laisse la liberté de prendre vos affaires.
Jaden reste.
Le choix vous appartient.

Silence.
Élodie hésite.
Noir.

ACTE IV

Applaudissements.

Quand les applaudissements s'estompent, rallumer la lumière.

Jaden et Élodie face public, enlacés.

JADEN

C'est ridicule.

ÉLODIE

Oui mais moi j'aime bien.

JADEN

C'est chacun dans son coin, normalement, pas besoin de –

ÉLODIE

Chhht, monsieur le bougon !

JADEN

D'accord.

Temps.

ÉLODIE

Quand tu veux !

JADEN

Ah parce que je commence en plus ?

ÉLODIE

Allez, pour me faire plaisir !

JADEN

Journal de bord.

ÉLODIE

Youpi !

JADEN

Youpi ?

ÉLODIE

T'arrêtes pas, t'es lancé !

JADEN

Euh, journal de bord du, on est le combien ?

ÉLODIE

On s'en fout !

JADEN

Journal de bord. On est bien. On est heureux tous les deux. J'ai l'impression que rien ne peut nous atteindre.

ÉLODIE

C'est mignon.

JADEN

Même si, bon, rien ne peut effectivement nous atteindre, je veux dire, on est –

ÉLODIE

Chhht !

JADEN

La sensation est géniale. On s'est habitué à notre petite vie ici. Je vais parler pour moi, mais je suis presque sûr que c'est partagé –

ÉLODIE

Presque sûr ?

JADEN

Je ne voudrais pas être ailleurs. Je ne veux plus. J'ai plus cette sensation de dépression au ventre. Surtout que je travaille sur un projet en ce moment, je bricole un bibelot —

ÉLODIE

C'est quoi ?

JADEN

C'est un secret. Un petit cadeau, tu l'auras plus tard.

ÉLODIE

C'est quoi dis-moi ?

JADEN

J'ai dit que c'était une surprise.

ÉLODIE

Bon d'accord. T'as fini ?

JADEN

Euh, je, oui, je crois.

ÉLODIE

A moi alors ! Bonjour, Élodie, depuis le temps vous me connaissez, voilà, je suis parfaite, et je suis folle amoureuse ! Il fait le gêné mais il adore que je dise ça.

Nous, ça va super, j'adore, même si je préférerais quand même voir un peu ce qu'il y a là dehors, j'ai toujours autant hâte qu'on sorte ! T'imagines la vie qu'on va avoir dehors ? T'imagines ?

JADEN

Tu me le demandes à chaque fois, ça. Oui, j'imagine.

ÉLODIE

Moi aussi ! J'ai hâte ! Et puis, bah, grande nouvelle, parce que si je le dis pas c'est pas lui qui va le dire, il a fini son bouquin ! Et, c'est trop mignon, ça va vous faire rire –

JADEN

Arrête de te foutre de moi.

ÉLODIE

Le nom du livre, c'est le nom de notre Couplement ! C'est pas chou, ça ?

JADEN

Ouais, rapport à la loi, là, je trouvais ça bête mais j'ai trouvé que ça, donc bon.

ÉLODIE

Faut dire, c'est joli. On est bien tombés !

JADEN

Ouais. Éden. Ça pète.

ÉLODIE

Y'avait Jalodie, mais, erk !

JADEN

C'est clair.

Temps.

ÉLODIE
Bon, je crois qu'on a fait le tour ! On s'arrête là ?

JADEN
C'est déjà pas mal.

Temps.

ÉLODIE et **JADEN**
Bonne nuit.

<u>**Remerciements**</u>

A Marvin le photographe, le régisseur, l'ami, le confident, le pondéré, le réfléchi, le survivant, le frère sans qui la compagnie Âmérante n'existerait pas, n'existerait plus.

A Max le bricoleur, le concret, le franc, l'ami, le frère qui a accepté de porter ce mastodonte à mes côtés.

A Maëlia la danseuse, la petite sœur, la souriante, la positive, la créatrice.

A Roxane la constante, la chercheuse, la sincère, la battante.

A Hortense la voix, la rieuse, la rusée, la paisible, la providentielle.

A Clara la persévérante, la gardienne du souvenir, la modérée, la revancharde.

A Pénélope le phénix, la lumière noire, la spirituelle, grâce à qui j'ai retrouvé la force de donner de l'amour et sans qui Elle n'aurait jamais vraiment existée.

Aux membres d'Âmérante, une association de fous furieux qui ont la tête sur les épaules.

A toi qui m'a fait confiance pour t'éloigner de l'ennui pendant une heure ou deux.
Merci.

Du même auteur

Maux Croisés, éditions Ex Æquo, 2022

Quentin Bérard

TABULA NOVA

Édition : BoD – Books on Demand, info@bod.fr
Impression : BoD – Books on Demand, In de Tarpen 42,
Norderstedt (Allemagne)
Impression à la demande

Couverture réalisée par Marvin Jacques

ISBN : 978-2-3225-1849-4
Dépôt légal : Mars 2024